Margaret Atwood
Hieb und Strich

MARGARET ATWOOD

HIEB UND STRICH

Story

Deutsch von Monika Baark

BERLIN VERLAG

Mehr über unsere Autorinnen, Autoren und Bücher:
www.berlinverlag.de

Von Margaret Atwood liegen im Berlin Verlag vor:
Der Report der Magd (Graphic Novel) • *Survival* • *Die Füchsin* •
Die Kunst des Kochens und Auftragens • *Innigst/Dearly* •
Brennende Fragen • *Hier kommen wir nicht lebend raus*

ISBN 978-3-8270-1521-1
2. Auflage 2025
© 2024 O. W. Toad Ltd.
Die Originalausgabe erschien 2024 unter dem Titel *Cut And Thirst*
bei Amazon Stories, Seattle.
© der deutschsprachigen Ausgabe 2025:
Berlin Verlag in der Piper Verlag GmbH, Georgenstraße 4,
80799 München, *www.piper.de*
Für einen direkten Kontakt und Fragen zum Produkt
wenden Sie sich bitte an: *info@piper.de*
Umschlaggestaltung: zero-media.net, München nach einem
Entwurf von Jarrod Taylor
Satz: Eberl & Koesel Studio, Kempten
Gesetzt aus der Adobe Garamond Pro
Druck und Bindung: GGP Media GmbH, Pößneck
Printed in Germany

Treue Atwood-Leserinnen kennen sie bereits aus *Hier kommen wir nicht lebend raus*: Myrna, Leonie und Chrissy sind seit Ewigkeiten eine verschworene Gemeinschaft. Alle drei haben die besten Jahre vielleicht hinter sich, aber ihr Verstand ist so jung und scharf wie eh und je. Als ihnen klar wird, dass ihre Freundin Fern nicht mehr lange leben wird, beschließen die alten Damen, für sie eine offene Rechnung zu begleichen. Ferns erfolgreiche Romane wurden von einer neidischen Männerclique einst derart verrissen, dass sie sich kaum mehr aus dem Haus traute. Die Übeltäter sollen nun alle sterben – aber schon bald wird klar, dass es nicht so leicht ist, ein Mordkomplott anzurühren wie die drei Hexen aus *Macbeth* …

Margaret Atwood gehört zu den bedeutendsten Autorinnen unserer Zeit. Ihr *Report der Magd* ist seit Generationen ein Kultbuch. Sie wurde u. a. mit dem Man Booker Prize und dem Friedenspreis des Deutschen Buchhandels ausgezeichnet. Atwood lebt in Toronto.

Monika Baark, 1968 in Tel Aviv geboren, studierte Anglistik und Kunstgeschichte. Sie lebt in Berlin und übersetzt u. a. Margaret Atwood, Vendela Vida, Jeanette Winterson, Amity Gaige und Miriam Toews.

»Wir könnten sie einfach aus Fenstern stoßen«, sagt Leonie.

»Oh, lieber nicht«, sagt Chrissy. »Alle würden sagen, das waren die Russen.«

»Umso besser«, sagt Myrna. »Es würde den Verdacht von uns ablenken.«

»Nachdem wir mehr als drei ermordet haben, könnte jemand zwei und zwei zusammenzählen«, sagt Chrissy.

»Wer weiß überhaupt noch von dieser Verbindung, außer uns?«, sagt Leonie. »Es ist lange her. Gott, fühl ich mich alt.«

»Sag nicht alt, es heißt älter«, sagt Chrissy. »Fern weiß davon. Sie hat diese Verbindung auswendig gelernt. Sie hat diese Verbindung inhaliert!«

»Ich glaub eher, die Verbindung hat sie inhaliert«, sagt Leonie. »Es wohnt in ihrem Kopf.«

»Wir erzählen es Fern auf gar keinen Fall«, sagt Myrna. »Sie wäre dagegen. Sie würde uns aufhalten.«

»Sie hat sich ja sogar geweigert, Kung-Fu-Filme mit uns anzuschauen«, sagte Chrissy. »Wisst ihr noch, *Der einarmige Schwertkämpfer*?«

»Aus der Erinnerung gelöscht«, sagt Leonie. »Wann haben wir die denn gesehen?«

»Im College«, seufzt Chrissy. »Was hatten wir für einen Spaß!«

»Dein Feind ist die Nostalgie«, erklärt Chrissy. »Ich brauch Nachschub. Myrna, schieb mal die Flasche rüber.«

Sie sitzen in Leonies Garten und trinken Gin Tonics. Oder sagen wir, Leonie trinkt Gin Tonics. Chrissy hat eine Weißweinschorle, Myrna eine Cola Light, weil sie sich während dieser Treffen keinen Gehirnnebel leisten kann, sie würde sich bequatschen lassen, zum Beispiel dazu, acht Männer zu ermorden, oder waren's neun? Wobei sie sich trotz des fehlenden Alkohols bereits dazu verpflichtet zu haben scheint, zumindest prinzipiell.

»Werden wir sie einzeln ermorden, oder gemeinsam wie in der Kesselszene aus *Macbeth*?«

»Sag ›das schottische Stück‹«, sagt Chrissy, die irgendwann in ihrem Leben auch mal Amateurschauspielerin war. »Das bringt sonst Unglück.«

»Welche Kesselszene?«, fragt Leonie.

»›Molchesaug’ und Unkenzehe‹, ›Rüstig, rüstig!‹ Und so weiter«, sagt Myrna, auf die in Sachen Zitate meist Verlass ist. »›Hand des neugebornen Knaben, den die Metz’ erwürgt im Graben‹ – wie garstig ist das denn!«

»Alles klar. Ich hab so schon genug Pech«, sagt Leonie. »Reichst du mal die Käseplatte? Bin gerade zu faul zum Aufstehen.« Zu müde, kommentiert Myrna im Stillen; kommt von der Chemo.

Sie essen Oliven und dünne Kräcker aus Pekannüssen, dazu eine neue Sorte Käse – hellorange und richtig lecker –, den Leonie bei Nancy’s Cheese Shop entdeckt hat. Nancy ist immer zuverlässig, finden sie. Wenn man sagt: »Nicht zu mild, aber auch nicht zu stinkig«, dann weiß sie, was man meint. Könnte man doch nur nach diesem Motto seine Bekanntschaften vorsortieren, denkt Myrna.

Von oben macht es plumps. »Diese verfluchten Eichhörnchen«, sagt Leonie. Ein uralter Apfelbaum vom Nachbargrundstück überschattet ihren Garten. Hin und wieder fällt ein kleiner, grüner, harter, pockennarbiger Apfel herunter – vorsätzlich abgeworfen von heimtückischen Eichhörnchen, behauptet Leonie – und prallt vom roten Sonnenschirm ab, den Leonie trotz mangelnder Sonne aufgespannt hat. Der Schirm sei reine Apfelabwehr, sagt sie. Myrna hat gefragt, warum sie nicht einfach die Äste absäge, die in ihren Luftraum eindringen, so wie es ihr gutes Recht sei, aber Leonie meinte, so einfach sei das nicht, und ja, rechtlich gesehen ginge das zwar, aber der Baum sei so alt, dass er voll und ganz krepieren könnte, wenn man diese Äste killte. Und das würde die Nachbarn aufbringen, etwas, das unbedingt vermieden werden müsse, da sie laut und selbstgerecht seien und einen großen, bellfreudigen Hund besäßen.

»Oder der ganze modrige Baum könnte umkippen und auf dich drauffallen, und du könntest voll und ganz krepieren«, sagt Myrna.

»Dafür ist ohnehin gesorgt.« Schon seit einigen Jahren baut Leonie körperlich ab. Manchmal fragt sich Myrna, ein wenig lieblos, warum Leonie nicht langsam zur Sache kommt: Man kann doch nicht ewig vor sich hin sterben, es gibt ein Verfallsdatum: Früher oder später muss man wirklich auch mal gehen. Nicht, dass Myrna Leonie den Tod wünscht – hundertmal das Gegenteil, schließlich wären sie alle aufgeschmissen ohne sie –, doch ihre ständigen Anspielungen auf ihre drohende Sterblichkeit machen Myrna fix und fertig. Nach einer Weile – streng genommen sehr schnell – ist es mit ihrem Mitleid vorbei, und sie wechselt das Thema, und das wirkt kaltherzig.

»Was die Mordmethoden angeht«, sagt sie jetzt. »Wenn nicht Fenster, was dann? Narzissenzwiebeln im Eintopf? Klein geschnitten sehen sie ja wirklich aus wie normale Zwiebeln. Ein aufrichtiger Fehler wäre vorstellbar, wenn jemand nicht so auf Kochen steht.« So wie wir alle nicht mehr, fügt sie im Stillen hinzu. Kochen, das war junge Liebe, gefolgt von Kindern, je nachdem, und dann die mittleren Jahre, wenn das Kochen trotz sporadischen Aufflammens für die eine oder andere Dinnerparty langsam versandet. Essen mitnehmen oder nach Hause bestellen kriegt den Fuß in die Tür: Nudelmaschine und Fonduetopf schwinden und werden zu fernen Erinnerungen. »Das Wichtige ist, plausibel zu sein.«

»Es muss nach einem Unfall aussehen«, sagt Leonie. »Ich trink noch einen Gin Tonic.«

»Von außen muss es nach einem Unfall aussehen, aber *denen* muss es klar sein!«, sagt Myrna. Leonie sollte eigentlich keinen Alkohol trinken, zumindest nicht so viel. Beeinträchtigt das nicht die Wirkung ihrer Medikamente? Aber der Hinweis darauf ist sinnlos: Leonie würde sagen: »Ach, was soll's« oder »Der Zug ist abgefahren« oder »Wenn schon Abgang, dann mit Pauken und Trompeten«.

»Wie meinst du das?«, fragt Chrissy. »Sollen wir ihnen anonyme Briefe schreiben oder was?« Sie hat diesen erschrockenen Häschenblick, wie immer, wenn sie verwirrt ist: die großen Augen, der halb geöffnete Rosenblütenmund, der in letzter Zeit mit Lipliner aufgemalt wird, da der ursprüngliche ein wenig eingeschrumpft ist. Myrna weiß, dass Chrissy nicht blöd ist – sie hat mal an der Uni gelehrt, sie alle haben das getan, nicht, dass das ein idiotensicherer Lackmustest für Nichtblödheit wäre –, aber das lebenslange Blondchenspielen hat Opfer gefordert: Goldigsein stellt eine solche Versuchung dar. Nur kurz mit den Häschenwimpern klimpern und einfältig lächeln, und schon lösen sich Straßensperren (Strafzettel für zu schnelles Fahren etwa) auf wie eine Fata Morgana. Eine Versuchung, die uns dunkleren Typen nicht zur Verfügung steht, überlegt Myrna nicht ohne einen Anflug von Groll. Goldigsein erleichtert einem den Weg durch das Gestrüpp des Lebens, wobei es natürlich auch eine Kehrseite gibt: Die Männer halten einen für leichte Beute. Chrissy hat allerhand Annäherungsversuche abwehren müssen, in letzter Zeit allerdings nicht mehr, trotz der mädchenhaften Pastellfarben und klirrenden Armreifen, die sie trägt wie eh und je. Heute ist sie ganz in Lavendel und Aquamarin.

Leonie dagegen ist wie immer eine Erscheinung: orangefarbene Palazzohose und ein weißes Top mit dicken roten Hibiskussen, oder sagt man Hibiski? Groß gewachsene Frauen können sich so was erlauben, überlegt Myrna, anders als wir Hobbits. Mit leisem Schrecken ist ihr aufgefallen, dass sie über die letzten paar Jahre zwei Zentimeter geschrumpft ist, ihre Füße aber um eine ganze Schuhgröße gewachsen sind. Was kommt als Nächstes, Fell an den Ohren?

»Anonyme Briefe wären banal«, sagt sie. »Wir brauchen was Subtileres. Ziel ist, dass diejenigen, die wir noch nicht ermordet haben, begreifen sollen, was ihnen droht. Sie sollen die Hufschläge der Verdammnis hören. Sie sollen vom Grauen der Vorahnung heimgesucht werden.«

»Die Hufschläge der Verdammnis?« Chrissy guckt noch erschrockener.

»Du weißt schon. Die apokalyptischen Reiter«, sagt Myrna leicht gereizt. Sie hat es nicht gern, wenn ihre Metaphern hinterfragt werden. »Aus der Johannesoffenbarung. Die Bibel«, fügt sie hinzu, nur falls Chrissy, wie so viele heutzutage, die Johannesoffenbarung nicht kennt. Der Begriff *Apokalypse* wird ständig falsch verwendet, ist sie versucht hinzuzufügen. Es bedeutet nicht *Katastrophe*, es bedeutet –

»Warum gibt's eigentlich keine apokalyptischen Reiter*innen*?«, fragt Chrissy. Mit solchen Fragen hat sie ihre gesamte wissenschaftliche Laufbahn verbracht. Frauen, die in diversen Tätigkeitsfeldern fehlen – warum gibt es keine Müllfrauen? Keine Bergfrauen? Keine Wandergesellinnen? Luftakrobatinnen schon, und Ballonfahrerinnen und Pilotinnen wie Amelia Earhart. Das einzige Buch, das sie veröffentlicht hat, handelt von Frauen in der Luft: Frauen, die es geschafft haben, der Schwerkraft zu trotzen, ähnlich wie – könnte man sagen – Chrissy selbst. So richtig geerdet ist sie nie gewesen.

»Frag mich nicht«, sagt Myrna. »Ein Typ hat's geschrieben. Aber es gibt immerhin die Hure Babylon, die in Purpur und Scharlach gekleidet ist und auf einem Tier mit vielen Hörnern auf dem Kopf reitet. Ist doch auch was wert.«

»Eine Hure. Typisch«, sagt Chrissy und wirft ihren grau melierten Pferdeschwanz zurück.

»Jedenfalls, *die* müssen darauf kommen«, sagt Leonie und gibt Eiswürfel und eine frische Limettenscheibe in ihr Glas. »Aber nicht die Polizei. Die Polizei muss hinters Licht geführt werden.«

»Würden sie es nicht der Polizei melden? Nach dem Motto, Herr Wachtmeister, irgendwer hat's auf mich abgesehen?«, fragt Chrissy.

»Das sind solche Würstchen, also mindestens einer würde es tun. Sie würden uns wahrscheinlich verdächtigen, zumindest die weniger unterbelichteten. Die wissen doch, dass wir Ferns beste Freundinnen sind«, sagt Leonie. »Aber sie werden keine Beweise haben, zumindest nicht, wenn wir's geschickt anstellen, und wenn sie also unsere Namen nennen – drei harmlose alte – drei ältere Damen mit Doktortiteln –, wird man sie für geistesgestört halten.«

»Und sie werden davon ausgehen, dass Fern es unmöglich gewesen sein kann. Die kommt ja nicht mal mehr zu Fuß durch ihr eigenes Wohnzimmer«, sagt Myrna. Im Kopf überschlägt sie: Kann eine nicht gehfähige Person einen Mord begehen? Mit einem Blasrohr? Krücke über die Rübe? Insektenschutzmittel in den Tee? Nein, Letzteres ist zu offensichtlich.

»Sie braucht sogar Hilfe, um rein ins Bett und raus aus dem Bett zu kommen. Und das hat sie denen zu verdanken«, sagt Leonie.

»*Vorher* ging es ihr gut!«, ergänzt Chrissy.

Und auch danach noch viele Jahre, denkt Myrna, jedenfalls körperlich. Sie hat ihre Zweifel an der Theorie der Freundinnen – genetische Faktoren führen zu Autoimmunerkrankungen wie MS, meint sie – aber auch Stress kann eine Rolle spielen, also stellt sie den Gruppenglauben nicht infrage: Diese acht, oder waren es neun, Männer haben Fern in den Rollstuhl gebracht – in einen Rollstuhl, der sie bergab Richtung Leichenhaus rollt –, und zwar so sicher, als hätten sie sie zusammengeschlagen. Ein Mord auf Raten, sagt Leonie dazu.

»Und selbst wenn sie damit zur Polizei gingen, würde ihnen natürlich keiner glauben.« Chrissy guckt jede Menge True-Crime-Serien, in der Regel die britischen. In diesen Sendungen wird niemandem geglaubt, der der Polizei solch überspannte, hysterische Dinge erzählt, denn sonst – sagt Myrna, die selbst diese Serien guckt, wenn sie Zeit hat – gäbe es ja keine Handlung.

»Sie können nicht behaupten, man habe es auf sie abgesehen, ohne *einen Grund dafür* zu nennen«, sagt Leonie. »Ohne zuzugeben, was sie getan haben.«

»Und das würde sich für einen Polizisten total albern anhören«, sagt Chrissy. »Es würde heißen: Wegen *so was* wird doch keiner ermordet. Wir aber wissen, dass es nicht albern ist.«

»›Wer meinen Beutel stiehlt, nimmt Tand‹«, sagt Myrna.

»Oh nein«, sagt Chrissy, »dir wurde dein Geldbeutel gestohlen?«

»Das ist ein Zitat«, sagt Myrna.

»Ich erinnere mich«, sagt Leonie. »Noch bin ich nicht vollkommen verblödet. *Othello*, stimmt's? ›Doch wer den guten Namen mir entwendet …‹«

»Das haben sie ihr nämlich angetan«, sagt Leonie. »Fern. Sie haben ihr ihren guten Namen gestohlen.«

»Ganz genau«, sagt Leonie. »Jetzt lassen wir doch mal das Rumgeeiere. Wen sollen wir zuerst ermorden, und wie machen wir's?«

»Kein Wunder, dass die Leute, früher, zu Zeiten des großen Hexen-Grillens, Angst vor alten Frauen hatten«, sagt Myrna. »Sie haben ein Leben lang vor sich hin gegärt.«

»*Älteren* Frauen«, sagt Chrissy. »Aber wir gären ja nicht unseretwegen, wir gären Ferns wegen. Wir hätten diese Sache schon vor Jahren klären sollen.«

»Rache wird am besten kalt gegessen«, sagt Myrna.

»Fern würde sagen, man sollte sie gar nicht essen«, sagt Chrissy ein wenig betrübt. Egal wie tugendhaft sie ist, so tugendhaft wie Fern wird sie niemals sein.

»Ich schmeiß euch jetzt raus«, sagt Leonie. »Wird Zeit für meine Pillen.« Sie stemmt ihren groß gewachsenen Körper aus ihrem Gartenstuhl und führt sie leicht wankend zum Gartentor. Das gibt das nächste gebrochene Bein, in diesen roten Plateauschuhen, denkt Myrna. »Donnerstag wieder zur selben Zeit?«

»Ja, aber ich finde, wir sollten's diesmal bei mir machen«, sagt Chrissy.

»Du warst doch erst letzte Woche Gast-geberin«, sagt Myrna.

»Ach, das macht mir nichts«, sagt Chrissy. Was sie meint, ist, dass Myrnas Wohnung immer aussieht wie ein Saustall, und man weiß nie, welche ihrer Kinder oder Enkelkinder gerade dort wohnhaft sind und nach Aufmerk-samkeit schreien oder vor Freude oder Wut laut kreischend nackt durch den Garten ren-nen. Nicht die Kinder, die Zeiten sind Gott sei Dank vorbei. Nur die Enkel.

»Dann bring ich den Käse mit«, sagt Myrna.

»Schlaft mal drüber, kommt mit Ideen«, sagt Leonie und komplimentiert sie hinaus. »Chrissy, hast du die Liste? Mit den Namen?«

»Ich finde sie«, sagt Chrissy. »Fern hat sie auf jeden Fall. Sie hat das ganze Zeug in einem Ordner abgeheftet.«

»Wo sie darüber vor sich hin gärt«, sagt Myrna. »Es verzehrt sie. Auch wenn sie sagt, das alles gehöre der Vergangenheit an und sie sei drüber hinweg.«

»Was überhaupt nicht stimmt«, sagt Chrissy. »Es gibt keine Vergangenheit. Zumindest nicht, bis die Sachen angegangen sind.« Letztes Jahr war Chrissy bei einem Achtsamkeitscoach und kam mit einer Anzahl von Tipps nach Hause, wie man sich von uralten Traumata befreit. Myrna hat ein paar dieser Tipps ausprobiert, ohne Erfolg. Außerdem hat sie nicht das Gefühl, sonderlich viele uralte Traumata zu haben, wozu sich also damit beschäftigen? Sobald sie sich hinsetzt, die Augen schließt und versucht zu meditieren, schießen ihr allerhand Dinge durch den Kopf, die sie eigentlich tun müsste, zum Beispiel Wäsche waschen oder der Artikel, den sie gerade für *Etymology Today* schreibt –

einst Printmagazin, jetzt online – über das schwindende Suffix *-ling*. Siehe Flüchtling, Fingerling, Rohling. Oder Dichterling: So könnte man sie nennen. Einige der Männer, die sie zu ermorden gedenken, sind Dichterlinge. Oder zumindest gewesen. Myrna kennt sich mit Dichterlingen aus, da sie selbst mal einer war.

»Wir können Fern auf keinen Fall nach dieser Liste fragen«, sagt Leonie. »Sie wüsste sofort, dass wir was im Schilde führen. Sie würde fragen: ›Wozu braucht ihr die?‹«

»Sie würde sich's denken. Sie würde sagen, wir seien kleingeistig«, sagt Chrissy. »Sie ist ein viel zu guter Mensch.«

»Oder wenn nicht kleingeistig, dann durch und durch kriminell«, sagt Myrna.

»Sie würde sagen, kleingeistig sei schlimmer«, sagt Chrissy.

Mittwochs schauen sie abwechselnd bei Fern vorbei, und heute ist Myrna an der Reihe. Sie geht südwärts eine Straße mit älteren Häusern entlang, dreistöckig, roter Backstein, einige mit Rundbögenveranden, andere mit Türmchen. Einstmals schöner Wohnen, dann ging es während der Mitte des zwanzigsten Jahrhunderts bergab, und es entstanden Pensionen, Studentenwohnungen, Sektenhauptquartiere – allein in dieser Straße waren drei verschiedene Sekten ansässig: die Moonies, die Scientologen und die Hare Krishnas –, und dann ging es die soziale Leiter wieder hinauf, als die Sekten sich bekriegten und auflösten und reichere Leute die Pensionen wieder in Einfamilienhäuser zurückverwandelten und für ihre mehreren Audis und BMWs Garagen aushoben und geheizte Einfahrten installierten, um im Winter nicht Schnee schippen zu müssen, und die backsteinernen viktorianischen Gebäude entkernten sie bis auf die herrlich geschwungenen hölzernen Treppengeländer, weil man so was ja heutzutage nicht mehr bekommt, und weiter ging's mit schöner Wohnen.

Allerdings nicht bei Myrna: Sie und Cal waren noch zu Zeiten der Sekten und Pensionen in dieses Viertel gezogen und setzten ihren schludrigen und bücherlastigen, unorganisierten und schmuddeligen Lebensstil fort, während die Gentrifizierung ringsum hämmerte und sägte, was das Zeug hielt. Wie lange werden sie noch die Stellung halten, bevor sie irgendeinem per Kryptowährung neureich gewordenen Anwalt nachgeben, der ihnen ein Angebot macht, das den Marktpreis ihres Hauses drei Mal übersteigt?

Der Sommer neigt sich dem Ende zu. In den Vorgärten der Schöner-Wohnen-Häuser haben die Schnecken und Ohrenkneifer in den Herzblattlilien ganze Arbeit geleistet, um den Rückkehrern aus ihren Sommerpalästen in Muskoka oder aus Europa oder wohin sie sich sonst verfrachtet hatten, eine Spitzenklöppelei-Überraschung zu bescheren. Schon fallen die ersten gelben Blätter auf die Gehwege, Vorläufer der Flut von erschöpftem Laubwerk, die da kommen wird. *Mein Lebensweg geriet ins Dürre, ins verwelkte Laub*, zitiert Myrna vor sich hin.

Während sie an der Kreuzung von Bloor Street und Spadina Avenue auf Grün wartet, muss sie an eine Studenteninszenierung von *Macbeth* denken, wo ein Kohlkopf im Geschirrhandtuch das Tyrannenhaupt abgeben musste. Hatte Chrissy da nicht mitgespielt? War eine Fehde einmal losgetreten, musste sie bis zum bitteren Ende durchgezogen werden. Sie konnte auch vererbt werden, und sie drei hatten sie von Fern geerbt. Nicht, dass Fern diese Fehde vorsätzlich weitervererbt hätte; es war eher das Ergebnis ihrer Passivität. Es war ein Gruppenangriff gewesen. Ein Hinterhalt, alle gegen eine. Die Angreifer, jene acht (oder waren es neun) männlichen Dichterlinge und verschiedenerlei Wortschmiede waren schadenfroh und sadistisch gewesen: die Zielscheibe – Fern – war traumatisiert gewesen, anfangs fassungslos, dann am Boden zerstört. *Womit habe ich das verdient?*

Womit Fern das verdient hatte, war eine solche Kleinigkeit – könnte man meinen –, dass es jedem, der davon erfuhr, ungläubiges Gelächter entlockte. Fern war eine erfolgreiche Schriftstellerin von Romanen und Erzählungen – erfolgreich genug, um ziemlich anständig davon leben zu können, anders als die Dichterlinge und Wortschmiede und auch anders als Leonie, Chrissy und Myrna. Alle drei hatten sich während ihrer Studienzeit im Literaturbetrieb versucht – sie hatten Lesungen besucht, wo die Gastautoren sich regelmäßig in ihren eigenen genialischen Worten verloren und weit über die natürliche Pinkelpause hinaus schwadroniert hatten, oder als Kaffee holende und unverlangt eingesandte

Manuskripte lesende Handlanger in kleinen Verlagen gejobbt oder für klitzekleine Literaturzeitschriften Korrektur gelesen, alles in der Hoffnung, mit ihren eigenen Bemühungen im Bereich des sogenannten kreativen Schreibens – (eine lächerliche Bezeichnung, wie Myrna fand, denn was könnte weniger kreativ sein als der Großteil dieser sprachlichen Schlammlawinen?) könnten sie ein größeres Publikum finden als einander.

Nachdem der Reiz eines Lebens literarischer Ausbeutung jedoch nachgelassen hatte, waren sie vom vergoldeten Köder eines festen Gehalts fortgelockt und durch den Abfluss gesaugt worden, hinein in die dereinst sicheren und blumengeschmückten Hallen der Wissenschaft, obwohl sie ein bis zwei Zehen in der literarischen Welt behalten hatten, zumal sie mit einigen der Akteure bekannt und gelegentlich im Bett gewesen waren.

Im Innern dieses Elfenbeinturms hatten sie sich gesonnt und waren gediehen, zumindest anfangs. Den Ressentiments einiger ihrer männlichen Kollegen zum Trotz hatten sie ihr Glück kaum fassen können. Aber heutzutage, denkt Myrna, ist dieser ehemals bukolische

Raum ein Schlachtfeld, auf dem lebende Tote herumgeistern, auf dem frühere Kollegen mit Denkverboten aus den Rängen eigennütziger Verwaltungsbeamter heraus belegt werden, Beamter, die nur darauf aus sind, ihre Lehrangebote auszuweiden und sie durch junge, unterbezahlte Leibeigene zu ersetzen. Gott sei Dank haben sie drei gerade noch rechtzeitig das Rentenalter erreicht! Wer will heutzutage noch an einer Uni lehren? Werden Professoren nicht beim kleinsten verbalen Vergehen von den Studierenden angeschwärzt? Werden die überforderten Profs nicht regelmäßig in den sozialen Medien gemobbt – so auch Chrissy, kurz bevor sie aufhörte, weil sie es gewagt hatte, *Schade, dass sie eine Hure ist* auf den Lehrplan zu setzen, dieses widerwärtige, inzestuöse Blutbad mit einem solch erniedrigenden Wort im Titel? Wie konnte sie so unsensibel sein? So frauenfeindlich? Wie sieht denn das aus!

»Aber ich habe es doch extra als Beispiel für Misogynie ausgesucht«, hatte Chrissy damals geklagt. »Darum geht's doch gerade, es *nicht* zu mögen.«

»Was hättest du denn stattdessen unterrichten sollen?«, fragte Myrna.

»Ich hatte *Pygmalion* von George Bernard Shaw vorgeschlagen. Aus dem dann ein Musical gemacht wurde. *My Fair Lady.*«

»Ist das nicht auch ein Beispiel für Misogynie?«, fragte Myrna.

»Aber ja! Und für Klassismus! Aber das hat ihnen genauso wenig geschmeckt. Sie wollten Stücke, wo sich Leute die ganze Zeit vorbildlich benehmen!«

»Klingt ganz nach Französischer Revolution« sagte Leonie, deren Spezialgebiet die Psychologie der Revolutionen gewesen war. »Das Fest des höchsten Wesens. Haifischbecken! Wie das ausging, wissen wir ja!«

Myrna seufzte. »Die Debatte ist so alt wie die Menschheit. Soll Kunst gute Kunst oder erbauliche Kunst sein? Die Frage wird aufgeworfen, und ehe man sich's versieht, stehen Bibliotheksbücher auf dem Index.«

»Genau«, sagte Leonie. »Und wenn sie erst mal damit anfangen, dauert es keine Sekunde, und man wird zur Place de la Révolution gekarrt, und schwupps rollt die Rübe.«

»Die Leute können so fies sein«, sagte Chrissy.

»Auch schon gemerkt«, sagte Leonie. Sie

hob ihr Glas. »Ein Hoch darauf, dass wir gerade noch mal davongekommen sind. Scheiß auf den Unibetrieb.«

»War mal toll, eine Zeit lang«, sagte Myrna.

»Ja, wenn man es mal reingeschafft hatte«, erwiderte Chrissy. »Was als Frau und so weiter und so weiter.«

»Das war eine Zeit lang ein Schutzamulett«, meinte Leonie. »Aber das ist es nicht mehr.«

Fern hatte nichts getan, um eine kollektive Steinigung auf sich zu ziehen – keine verdammungswürdigen, verhängnisvoll falschen Worte gewählt. Außerdem war der Rufmord an ihr der Ankunft der sozialen Medien vorausgegangen: Sie war nicht die Zielscheibe eines Onlinemobs gewesen, sondern einer Intrige des Druckzeitalters. Ihre Sünde bestand darin, dass sie eine Kurzgeschichtenanthologie herausgegeben hatte. Was an sich hinreichend unschuldig war und vom heutigen Standpunkt aus völlig veraltet ist – gibt noch irgendein Mensch Anthologien heraus? Aber damals hatten Anthologien einen Stellenwert, und in eine solche aufgenommen zu werden hatte Prestige und Ehre verliehen. Da Fern nun mal war, wie sie war, hatte sie bei der Auswahl nicht geschludert. Sie hatte sich gequält, sich beratschlagt, hatte das Für und Wider abgewägt, am Ende aber den beinahe fatalen Fehler begangen, Humphrey Vacher außen vorzulassen. »Einige seiner längeren Erzählungen sind ganz okay«, hatte sie zu Myrna, Leonie und Chrissy gesagt, »aber es gibt nichts, was kurz genug und gut genug wäre, und wenn ich eine der längeren mit reinnehme, müsste ich mindestens drei der Nachwuchsautoren weglassen.«

»Na ja. Er ist ja jetzt auch nicht das Riesentalent«, sagte Leonie.

»Er hält sich aber dafür«, sagte Myrna.

»Ich kannte seine erste Frau«, sagte Chrissy, »und auch seine zweite, aber nicht die dritte. Ich glaube, sie ist Kleintier-Tierärztin. Er kann sehr … nachtragend sein. Sagen zumindest die Frauen. Die ersten beiden, meine ich. Eine davon ging sogar noch weiter und sagte ›rachsüchtig‹.«

Humphrey – oder der *Hammer*, wie seine Jünger ihn nannten – war aufbrausend, hegte einen massiven Groll auf alles und hatte ein gutes Gedächtnis für Kränkungen, ob echte oder eingebildete. Er fasste es als unverzeihlichen und bis ins Mark verletzenden Affront auf, dass er nicht in Ferns Anthologie aufgenommen worden war, die den womöglich nicht ganz glücklichen Titel *Metamorphic* trug. Das sei eine geologische Anspielung, hatte Fern gesagt. Gervais, ihr Mann – seines Zeichens Geologe, der vor Kurzem erst und äußerst betrüblicherweise verstorben war –, habe ihn vorgeschlagen, und er sei ziemlich genial, weil er sowohl Metapher als auch Metamorphose suggeriere, und ob sie nicht fänden, dass das perfekt passe? Der Verlag habe *Nachlese* vorgeschlagen, hatte sie hinzugefügt, was wirklich grauenhaft sei – voll Dreißigerjahre –, und sie sei mit ihrer Weisheit am Ende gewesen, bis Gervais die rettende Idee gehabt habe.

Fern hatte ihren Mann Gervais vergöttert, und umgekehrt, also hatte Myrna die Klappe gehalten. Sie hatte beispielsweise nicht gesagt, dass metamorphes Gestein verformtes Gestein sei und irgendeine Pappnase garantiert die Möglichkeiten dessen zu erörtern wissen werde. Geschweige denn Gestein an sich: so hart, so undurchdringlich, so unlebendig, so klobig. Irgendjemandes Prosastil würde zweifellos mit jenen vernichtenden Adjektiven verknüpft werden, und diejenige Person, die derlei Verknüpfungen am ehesten herstellen würde, war Humphrey Vacher.

Myrna – anders als Fern, die sich sanft und völlig nichts ahnend in der Wärme der ersten Rezensionen gesonnt hatte – behielt den *Hammer* angespannt im Auge. Anfangs war gar nichts: Er nahm sich Zeit; feilte an seiner List. Er hatte einen Kreis aus jungen Männern um sich geschart, die ihm treu ergeben waren – er hatte reich geheiratet und nahm das Geld, um ein paar kleinere Literaturzeitschriften aufzukaufen, kein allzu großer Kostenpunkt, sowie einen kleinen Verlag –, und hatte dafür gesorgt, dass die Prosawerke und Rezensionen seiner bevorzugten Jünglinge in diesen Organen erschienen. Also waren sie ihm etwas schuldig.

Wie Leonie jedenfalls über den Flurfunk gehört hatte, waren die Jungs nur allzu gern in die kollektive Vernichtung Ferns miteingestiegen: Warum sollte sie allen das Rampenlicht stehlen dürfen und dabei alles andere ersticken? Warum sollten sich ihre Bücher so gut verkaufen und die der Männer nicht? Weil Fern billigen und fahrlässigen romantischen Schrott schrieb, so die allgemeine Ansicht, und das Lesepublikum meist aus Schlampen mittleren Alters und leicht zu übertölpelnden Teenagermädchen bestand. Kein Wunder, dass die rigorose literarische Qualität, für die Humphrey Vacher mit seinem Namen stand, und in geringerem Maße auch sein Kreis von Bewunderern, in dieser elenden, philisterhaften, heuchlerischen, hinterwäldlerischen Ausrede von einem Land so unterschätzt und übersehen wurde. (Humphrey stammte aus England. Woher sonst? Wer auf dieser Seite des Atlantiks hatte Eltern, die prätentiös genug waren, ein wehrloses Baby Humphrey zu nennen? Sein Engländertum verlieh ihm, glaubte er, Superkräfte in literarischen Fragen, eine Sichtweise, die mal weit verbreitet war; heute allerdings nicht mehr, überlegt Myrna mit Genugtuung.)

Humphreys Ränkeschmiederei wurde bald offenbar. Über den Verlauf eines Jahres hatten er und sein Klüngel, bestehend aus acht anderen, oder waren es neun, insgesamt sechsunddreißig Artikel publiziert, zwei bis drei pro Monat – in verschiedenen Zeitschriften und auch in drei überregionalen Zeitungen –, um Fern als Inbegriff von allem anzuprangern, was in der heutigen Literatur falsch lief. Ihre historischen Romane seien saft- und kraftlos, ihr Stil manieriert und umständlich und geschwätzig, mit viel zu vielen Adjektiven, und die Gefühlsduselei – welch grausamer Dolchstoß! – sei »mädchenhaft«.

»Mit ›mädchenhaft‹ würde man heute nicht mehr durchkommen«, hatte Chrissy gesagt, als sie diesen Wortschwall diskutierten.

»Damals schon«, sagte Leonie. »Vermutlich wollten sie sich als, na ja, ihr wisst schon, besonders männlich oder so darstellen.«

»Das meine ich ja«, sagte Chrissy. »Es käme nicht mehr an. Die jungen Leute würden sich lustig machen.«

»Viel Schlimmeres«, sagte Leonie.

Arme Fern, denkt Myrna und zieht weiter durch die Bloor Street in Richtung Wiener's Heimwerkermarkt. Kaum hatte sie sich von einer *Hammer*-gesteuerten Salve aus Verbalabfällen mehr oder minder erholt, folgte auch schon die nächste; und das alles unter dem Deckmantel nachdenklicher Literaturkritik. Die Leute nahmen es tatsächlich ernst. Einladungen zu Literaturevents blieben aus, zumindest glaubte Fern das. Andere Schriftsteller gingen ihr aus dem Weg oder machten ausweichende Bemerkungen, wenn sie sich begegneten. Sie glaubte, man lache sie hinter ihrem Rücken aus, denn es war ein großer Skandal, was sonst, ein herrlich prickelnder Skandal, und einiges von dem, was Humphrey sagte, war ziemlich witzig. Sie verlor das Vertrauen in sich und in ihr Schreiben; sie entwickelte eine Publikationsphobie. Ihre Verleger rieten ihr, die Sache in den Wind zu schießen, ihre Leser hätten diese Attacken nicht mal mitbekommen, außer vielleicht die in den Zeitungen, und die Verkaufszahlen seien nicht gesunken, zumindest nicht wesentlich. Aber Fern war kein Mensch, der entweder zurückschlagen konnte – genau das würden die ja wollen, sagte sie, es würde Aufmerksamkeit erregen, sie wären begeistert – oder so tun konnte, als wäre nichts passiert.

Damals hatte sie einige Jahre lang behauptet, sich nicht mehr aus dem Haus zu trauen, weil sie komisch angesehen werde. Gervais war so wütend gewesen! Er hätte einigen dieser Typen gerne eins aufs Maul gegeben; denn er kam aus Alberta und war ja obendrein Geologe. Fern sagte zu ihm, sie wisse sein Mitgefühl zu schätzen, aber so funktioniere das nicht. »Wie denn *dann*, verdammt noch mal?«, hatte Gervais gefragt. Worauf es keine Antwort gab.

»Wir hätten schon damals was unternehmen sollen«, pflegt Chrissy zu sagen. »Wir waren feige.«

»Oder auch nur faul«, entgegnet Leonie. »Uns fiel kein gangbarer Weg ein, wir haben uns aber auch nicht sehr angestrengt. Wir haben gesagt, wir würden damit alles nur noch schlimmer machen.«

»Gervais hat immer wieder gesagt, er nimmt das in die Hand«, fügt Myrna hinzu. »Hat er aber nicht.«

»Weil Fern ihn nicht gelassen hat«, sagt Chrissy. »Sie hatte Angst vor dem, was er hätte tun können.«

»Wenn entfesselt«, sagt Leonie. »Gervais außer Rand und Band! Pistolen im Morgengrauen! Fern wollte kein Blutvergießen.«

Anders als Leonie, denkt Myrna. Sie hätte ihren Spaß an einem Gladiatorenschauspiel. Und möglicherweise auch Chrissy: Bei all ihrer Anstellerei – *igitt, eine tote Schnecke* – steckt in diesem warmen und zarten rosa Herzen doch ein kalter, harter, kleiner Pfirsichkern.

Myrna macht einen Abstecher zu Wiener's, um weiße Sprühfarbe zu kaufen – ihr ausgefranster Wäschekorb muss nicht entsorgt, er kann aufgehübscht werden – und geht in südliche Richtung weiter zu Ferns Haus, einem hübschen dreistöckigen, roten, neoromanischen Backsteingebäude aus dem frühen zwanzigsten Jahrhundert. Fern könnte teurer wohnen, aber sie will nicht umziehen, weil das hieße, von Gervais wegzuziehen und dem wunderbaren gemeinsamen Leben, das sie hatten. Allerdings hat sie einige Änderungen vornehmen müssen, wegen des Rollstuhls. Obwohl sie sich einen dieser Treppenlifte hat einbauen lassen und mithilfe Mrs Carreiras, der Pflegerin, oder der anderen Haushaltshilfe, die an den Wochenenden kommt, auf den Sitz rutschen kann, ist neuerdings davon die Rede, dass sie mit ihrem Bett nach unten in Gervais' altes Arbeitszimmer ziehen will. Nach oben zu gelangen wird ihr allmählich zu mühsam.

Fern sitzt in ihrem mit Pflanzen überfüllten Wohnzimmer und trägt ein mit Wiesenblumen bedrucktes Baumwollkleid. Ihr hübsches Gesicht ist noch dünner geworden, ihre Haut fast durchscheinend. Dennoch lächelt sie

Myrna glücklich an und sagt, wie sehr sie sich freue, sie zu sehen. Mrs Carreira bringt ihnen Tee und Shortbread und verschwindet wieder in der Küche.

»Ich hab Neuigkeiten« sagt Fern. Sie hat gerade das Manuskript ihres neuesten Romans abgeschickt – jetzt, wo er fertig ist und sie sich nicht mehr sorgen muss, ob sie es noch schafft, ihn zu Ende zu bringen, kann sie es erzählen.

»Glückwunsch! Du hast dich also nicht aufhalten lassen!«, sagt Myrna und gibt sich alle Mühe, den Blick von Ferns unbeweglich gewordenen Hände abzuwenden. Wie hat sie getippt?

»Ich hab die Diktierfunktion benutzt«, sagt Fern gedankenlesend. »Anders wäre es nicht gegangen.« Er heißt *Verleumdung*, erzählt sie und handelt von der unverheirateten Lady Flora Hastings am Hofe Königin Victorias, der man fälschlicher- und unehrenhafterweise eine Schwangerschaft nachsagte, während sie in Wirklichkeit an Leberkrebs im Endstadium litt. »Ich kann mir in etwa vorstellen, was sie durchgemacht haben muss«, fügt Fern hinzu.

Das glaub ich gern, denkt Myrna. »Und, machst du dir Gedanken darüber, ob …« Sie hält inne. Sie hätte diesen Satz nicht anfangen sollen.

»Worüber?«

»Du weißt schon. Wegen … «, sagt Myrna, » … der Jungs. Nicht, dass sie noch Jungs wären.«

Fern stößt einen kleinen Lacher aus. »Oh ja. Die. Die alten Jungs. Nach den letzten zwei Romanen hab ich nicht viel von ihnen gehört. Ein paar lauwarme Versuche, aber kein Vergleich zu ihrer großen Kampagne.

Außerdem haben sich ein paar von ihnen – vier, genauer gesagt – bei mir entschuldigt. Sie sagten, ihnen sei klar geworden, was sie mir angetan hätten, aber der *Hammer* habe sie dazu angestiftet.«

»Sie hätten Nein sagen können. Wer hat sich denn alles entschuldigt? Bin nur neugierig«, sagt Myrna.

»Jason. Einer der Stephens. William. Deepak.«

Über Deepak hatte Myrna sich damals gewundert – sie hätte ihm mehr Vernunft zugetraut –, aber in der Hitze des Gefechts lassen die Leute sich ja gern mal mitreißen. »Sich privat entschuldigt, nehme ich an«, sagt sie.

»Ja«, sagt Fern und lächelt matt. »Natürlich.«

Das reicht nicht, denkt Myrna. Dennoch, es könnte sie vor der Ermordung retten. Wobei irgendeine Form von Strafe immer noch angebracht wäre.

Donnerstag treffen die drei sich wieder, diesmal bei Chrissy im Garten. Chrissy hat noch ein neues Windspiel – dieses stammt vom Wychwood Farmer's Market und besteht aus antiken Silbergabeln und -messern – und noch ein Vogelbad in Form einer großen Schnecke. Sie kann solchem Zierrat einfach nicht widerstehen. Myrna soll die neue, beinahe himbeerfarbene Hortensie bewundern, und die Sterngladiolen, die zwar fast verwelkt, aber immer noch sehr hübsch anzusehen sind, und die pinkfarbene Sharon-Rose, die gerade erst aufblüht. Chrissy hat ein Händchen für Pflanzen: Sie behauptet, man müsse mit ihnen reden, wobei sie nie verraten hat, was man zu ihnen sagen soll. Wahrscheinlich nicht das, was Myrna sagt, wenn wieder mal einer ihrer Gartenverschönerungsversuche verkümmert und eingegangen ist. »Das können wir uns wohl in den Arsch schieben«, würde Chrissy unter gar keinen Umständen sagen: Für sie wäre das schwulenfeindlich.

Sie sitzen an Chrissys Terrassentisch aus Teakholz und Glas unter Chrissys blassgrünem Sonnenschirm. Myrna hat den Käse mitgebracht, von Nancy: ein Yak-Käse, recht selten und daher etwas teurer, sagte Nancy, da Yaks weder häufig noch sonderlich gutmütig seien. Nachdem sie kurz den Käse erörtert haben – »er hat Tiefe«, sagt Chrissy großzügig –, wägen sie ihre Optionen ab.

»Das Schlimme zuerst, oder fangen wir unten an und arbeiten uns langsam hoch?«, fragt Leonie.

»Ich plädiere für Letzteres«, sagt Myrna. »Und übrigens, vier von ihnen haben sich bei Fern entschuldigt.«

»Privat, nehme ich an«, sagt Leonie.

»Welche vier?«, fragt Chrissy, die die Liste führt.

»Jason, William, Deepak und einer der Stephens.«

Mit einem blassgrünen Textmarker malt

Chrissy ein Kreuz hinter vier der Namen. »Welcher der beiden Stephens?«, fragt sie.

»Konnte ich nicht fragen, ohne Verdacht zu erregen«, sagt Myrna, die es in Wirklichkeit schlichtweg vergessen hat.

»Wir können eine fundierte Vermutung anstellen«, sagt Leonie. »Es ist der Stephen mit dem Bindestrich im Nachnamen. Der, der seinen Zweitnamen benutzt hat, ich glaube, irgendwas mit Q, ist 'ne totale Pfeife.«

»Ich dachte, es wäre genau umgekehrt gewesen«, sagt Chrissy.

Die Dinge werden gerade etwas surreal. Sitzen da allen Ernstes drei respektable ältere Damen in einem pastellfarbenen Garten und planen den Mord an neun abgehalfterten Schreibern? Chrissy hat die Liste konsultiert und meint, es seien neun.

»Konzentrieren wir uns doch erst mal auf die, die sich nicht entschuldigt haben«, sagt Leonie.

»Okay, das wären also fünf«, sagt Chrissy.

Einvernehmlich sitzen sie da und essen Yak-Käse-Würfel und sinnieren über theoretische Attentatsmethoden. »Hinrichtung« durch Radio in die Badewanne wird abgelehnt – zu schwierig in der Durchführung, denn wie sollten sie ins Badezimmer der Pfeife Stephen gelangen? –, ebenso Umnieten und Fahrerflucht mit Leonies Auto – zu viele potenzielle Zeugen. Waffen kommen auch nicht infrage: Es fehlt ihnen an Schießerfahrung, zudem haben alle inzwischen Augenprobleme, hier grauer Star, dort Astigmatismus; sie könnten eine Straßenlaterne ausschalten oder einen unschuldigen Passanten treffen. Um ein paar hoch dosierte Schlaftabletten unter den angeblich unerschöpflichen Whiskeyvorrat des *Hammers* zu mischen, müssten sie einbrechen – viel zu sportlich. Giftpilze – wie sollten sie solche Pilze in die Küche des Opfers schmuggeln? Ihre Achtung vor Mördern wächst: gar nicht so einfach, das mit dem Ermorden.

»Ich könnte sie durchbohren«, sagt Chrissy schließlich.

»Was?«, sagt Myrna, »Ich meine, womit?« Sie stellt sich einen Schürhaken vor.

»Mit meinem Florett. Aus dem Stück, in dem ich mitgespielt habe. Ich hab's immer noch, irgendwie hab ich vergessen, es danach wieder zurückzugeben.« Das wäre nicht der erste oder letzte Gegenstand, den Chrissy vergessen hat zurückzugeben. Sie hat immer noch Myrnas Buch über *Angelsächsische Wetter-Kenningar* und Leonies Auflaufform.

»Du und Fechten?«, fragt Leonie. »Ausgerechnet?« Chrissy und potenziell tödliche Aktivitäten passen nicht zusammen.

»Als Schauspielerin. Wir haben *das schottische Stück* aufgeführt. Ich war der Jung-Siward.«

»Ist das nicht ein Junge?«, fragt Leonie.

Chrissy wirft ihr einen vorwurfsvollen Blick zu. »Das würde heutzutage niemand mehr zur Debatte stellen. Gender ist …«

»Ach ja, hab ich ganz vergessen«, sagt Leonie. »An den Pranger mit mir, bewerft mich mit faulem Gemüse!«

»Sie will uns doch nur vor uns selbst schützen«, sagt Myrna.

»Der Zug ist abgefahren«, sagt Leonie und kippt den letzten Schluck Gin Tonic.

»Außerdem konnte man vor lauter Schottenkaro gar nicht erkennen, dass ich ein Mädchen war«, sagt Chrissy. »Dieser Kampf hat mir richtig Spaß gemacht! Hieb und Strich!«

»Hieb und Strich?«, fragt Myrna.

»Das find ich gut«, sagt Leonie. »Man bringt jemanden um und zieht damit einen

Strich unter die Sache. Ich nehm noch einen Drink, noch jemand?«

»Nur ein halbes Glas« sagt Chrissy. »Ich meinte natürlich Hieb und Stich.«

»Vielleicht sollten wir lieber oben anfangen anstatt unten. Erst mal den *Hammer* durchbohren«, sagt Leonie. »Der steht doch so auf Hauen und Stechen, solange es von ihm ausgeht.«

»Wenn wir uns von oben nach unten arbeiten, wären die anderen ja eine Antiklimax«, sagt Chrissy. Sie zögert. »Ähm, ich finde nicht, dass wir sie tatsächlich umbringen sollten. Es scheint mir etwas drastisch.«

»Feigling«, sagt Leonie lachend. »Sollen wir ihre Hunde töten?«

Leonie.

»Nein! Das könnt ihr nicht machen!«, kreischt Chrissy. Sie hat ein Herz für Tiere.

»Kleiner Scherz«, sagt Leonie.

Sie beschließen, mit dem sich nicht entschuldigt habenden Stephen anzufangen, dem mit dem Q. Die Pfeife. Fragt sich nur, wie? Juckpulver in die Fitness-Shorts wird verworfen – wie kämen sie in die Männerumkleide und dann auch noch in den Spind? Ihm die

Luft aus den Autoreifen zu lassen finden sie zu pubertär und auch nicht drastisch genug. Hundekacke verschicken – nein, zu eklig, sagt Chrissy, und Hundekacke zu finden ist gar nicht mehr so einfach heutzutage, wo so viele Leute auf Kackbeutel zurückgreifen.

»Es gäbe noch die Microlax-Rache«, sagt Leonie. »Im Kuchen. Ich weiß, das ist ein alter Hut, aber ...«

»Brownies wären besser«, sagt Myrna. »Aber wir können sie ihm nicht einfach vor die Tür stellen. Niemand isst anonymes Essen.«

»Er war immer ein bisschen in mich verknallt«, sagt Chrissy. »Dieser Stephen. Damals, als wir beide für die Lyrik-Zeitschrift gearbeitet haben. *Cyclone? Tornado?*«

»Ich erinnere mich«, sagt Myrna. »*Schwüle Brise* haben wir sie immer genannt.«

»Er gehörte zu den Leuten, die dachten, du seist verpflichtet, mit ihnen zu schlafen, nur weil du die Pille nimmst. Wahnsinnig lästig«, sagt Chrissy, als ginge es um Kleidermotten.

»Und, hast du?«, fragt Leonie interessiert.

»Nein! Er hat so komisch gerochen«, sagt Chrissy.

»Totschlagkriterium«, sagt Myrna. »Also, wie wirst du's tun?«

»Ich werde einfach bei ihm aufschlagen«, sagt Chrissy. »Ihm Sex anbieten. Ich sage, ich hätte es nach all diesen Jahren eingesehen. Ich sage ihm, in den Brownies sei Haschisch, was ja ohnehin eine prima Sache wäre, lass uns das machen! Er wird mich reinlassen, hundert-pro.«

»Und du hast wirklich vor, die Sache, na ja, durchzuziehen?«, fragt Leonie. »Ich meine, das mit dem Sex?«

»Um Himmels Willen, nein! Wenn er da-mals schon gemüffelt hat, wird's heute doppelt so schlimm sein! Ich werde sagen, erst die Hasch-Brownies, werde warten, bis er ein paar davon gegessen hat, und dann sag ich, dass mir irgendwie komisch sei, und kratze die Kurve. Easy-peasy!«

Myrna hat ihre Zweifel, was diesen Plan anbelangt. Chrissy ist immer noch attraktiv, natürlich, aber nicht mehr auf diese bestimmte Art, und wie die meisten Grapscher und Lüst-linge zieht Stephen mit Q wahrscheinlich die Jüngeren und Saftigeren vor. Aber man weiß ja nie, vielleicht wird er langsam verzweifelt.

Einiges könnte bei diesem Szenario in die Hose gehen. Dieses und jenes. Aber Chrissy scheint wild entschlossen, und es ist einen Versuch wert.

Sie verteilen die Aufgaben – Leonie will das Haschisch oder Ähnliches auftreiben, Myrna die Brownies backen. Chrissy will sich die Haare machen lassen. Sie will außerdem rausfinden, wo Stephen mit Q wohnt. Sie wusste es mal – als Dichterling damals lebte er gern auf anderer Leute Sofas –, aber seitdem hat sich vieles verändert. Man munkelt, er habe BWL studiert und sei Unternehmensberater geworden, aber vielleicht war das auch der andere Stephen.

Myrna und Leonie entfernen sich von Chrissys Haus, einem kleinen roten Backsteinhaus aus den 1880ern mit einem märchenhaften Minitürmchen, das Chrissy und ihr dritter Mann, oder war's der vierte, einer der aufgelösten Sekten abgekauft und auf Vordermann gebracht hatten. Myrna will Leonie nicht fragen, wie es ihr gesundheitlich gehe, denn sie fürchtet sich vor der Antwort. Aber sie muss ihre Besorgnis zum Ausdruck bringen – die echt ist –, also fragt sie stattdessen nach Leonies Mann Alan, der schwere Demenz hat und in einem Pflegeheim lebt.

»Wie immer«, sagt Leonie. »Eigentlich sogar schlechter. Er hält mich für jemand anders.«

»Für wen denn genau?«

»Weiß keiner von uns«, sagt Leonie. »Er fragt mich immer, was ich mit Leonie gemacht habe. Das frag ich mich manchmal selbst.« Sie beugt sich hinunter und nimmt Myrna in den Arm. »Grüß Cal von mir«, sagt sie. »Sei dankbar, dass du ihn noch hast.«

Als sie den anderen beiden von ihrem Abenteuer berichtet – von ihrer Katastrophe – nein, eine Katastrophe war es nicht; von ihrem, wie würde man es nennen? –, versucht Chrissy, so genau wie möglich zu sein. Genauigkeit ist nicht immer einfach, wenn man sich auf eine Weise verhalten hat, die vielleicht weniger zielführend war als erwartet, überlegt sie; man ist versucht, die Dinge schönzufärben oder so zu referieren, wie man sie gern hätte laufen sehen, und nicht so, wie sie tatsächlich gelaufen sind. Immerhin bemüht sie sich, der Reihe nach zu erzählen.

Das eine oder andere lässt sie weg, natürlich. Sie erzählt nicht, dass sie fast die Nerven verloren und beschlossen hätte, die Sache abzublasen, trotz der ganzen Planerei. Es scherte sie nicht, dem reuelosen Stephen üblen Durchfall zuzufügen: Das war das Mindeste, was er verdient hatte. Aber was, wenn sie sich ihm anbot und er so etwas sagte wie: »Sex mit dir? Du spinnst ja wohl, du alter Besen, lieber bums ich 'ne Steckrübe!« Was dann?

Stephen Qs Adresse zu finden war nicht allzu schwierig, denn das Internet leckt wie ein Sieb, und sie kennt Leute, die Leute kennen, die immer noch auf Facebook mit ihm befreundet sind, und als sie sagte, sie habe ein kleines Geschenk für ihn, rückten die seine Adresse heraus, denn wer könnte etwas gegen ein kleines Geschenk haben?

Er wohnt in einer der neuen, aber keineswegs luxuriösen Wohnungen in der Queen Street, in einer alternativen Gegend, die immer noch relativ günstig ist – geschmückt mit Graffiti, einem Überangebot an Tattoostudios und billigen Pizzaläden –, genau die richtige Gegend für eine alternde Pfeife wie ihn, sagte sie sich: Er hatte immer cooler sein wollen, als er war. Mit Myrnas Microlax-Brownies auf dem Beifahrersitz – im Alubehälter, um Fragen bezüglich der Rückgabe einer Kuchenform von vornherein auszuschließen – fuhr sie durch die endlosen Baustellen, die sich inzwischen über ganz Toronto erstrecken und die Stadt von Woche zu Woche verändern. Sie erkannte kaum noch etwas wieder. Sie kam sich vor wie eine Exilantin, die in einem fremden Land saß und keine Möglichkeit hatte, dorthin zurückzukehren, wo sie heimisch gewesen war. Einmal gezwinkert und sich umgesehen, und frühere Cafés, Restaurants und Theater waren einfach verschwunden – ausgelöscht, fast als hätte es Krieg gegeben. Und die Leute starben langsam vor sich hin, wie Leonie, wie Fern, oder sie waren schon tot wie ihr zweiter Mann. Nachdem sie so ritterlich begonnen hatten – die anderen, sie selbst, alle aus ihrer Generation –, so voller Lebensfreude, wurde nun einer nach dem anderen dahingerafft ...

Du wirst einfach nur weniger jung, belehrte sie sich. Warum sollte es keine Veränderung geben? Warum sollte sich ein Lebenszyklus nicht schließen, wie bei den einjährigen Blumen, Petunien zum Beispiel? Im Juni da, im Oktober wieder fort. Ohne jede Veränderung, das wäre doch gruselig.

»Ich bin von Kopf bis Fuß auf Liebe eingestellt«, sang sie, um sich Laune zu machen. Aus dem *Blauen Engel* mit Marlene Dietrich, einem Film, den sie in einem Seminar namens »Verführerinnen« gezeigt hatte. Theda Bata als Kleopatra – von dem hatte sie nur Standfotos, da der Streifen selbst in Flammen aufgegangen war – und Barbara Stanwyk in *Frau ohne Gewissen*, unter anderem. Es war viel einfacher, ihren Studierenden Filme zu zeigen, als auf Lektüre zu bestehen, wobei die Filme damals meist noch an Bücher angelehnt waren. An Bücher von Männern: Verführerinnen waren für die das Größte. »Whatever Lola wants«, trällerte sie vor sich hin. Wäre es doch nur so einfach. Was hatte sie gewollt, und was hatte sie bekommen? Sie erinnerte sich kaum noch.

Sie hatte sich mit großer Sorgfalt verführerisch zurechtgemacht. Sie hatte sich die Spitzen schneiden und die Haare frisch versilbern lassen; unter ihrem koketten rosa Sommerkleid trug sie trotz der Hitze ihre Formwäsche, und Sandaletten, denn ihre Zehen gehörten zu ihrem Kapital; sie hatte sich für die Gelegenheit Hände und Füße machen lassen. Sie hatte es aber nicht übertrieben. Keinen Minirock, nichts dergleichen. Sie wusste, wo Schluss war. Oder? Zumindest glaubte sie, es zu wissen.

Sie stellte ihr Auto ab, fand das Wohnhaus und trug die Brownie-Form hinein. Erstes Hindernis: Wie kam man aus dem kleinen Eingang durch die verschlossene Glastür ins Foyer zu den Fahrstühlen? Es gab keine Concierge, also konnte sie nicht einfach die Nase an der Scheibe platt drücken, ein rundäugiges Waisenkindergesicht machen und flehentlich tun. Sie würde sich beim bösen Stephen per Gegensprechanlage melden müssen. Aber das würde das Überraschungsmoment zunichtemachen, und er würde sich vielleicht nicht mehr erinnern, wer sie ist, oder was. Andererseits würde er sich vielleicht doch erinnern, sich seines pubertären Gefummels und Gegrabsches schämen und sie nicht hineinlassen.

Nach einigem Hin und Her drückte sie sämtliche Knöpfe neben sämtlichen Namen auf dem Klingelschild. Als die erste Stimme antwortete, eine Frau, sagte sie mit heller Stimme: »Eine Lieferung.«

»Ich hab aber nichts bestellt«, sagte die Stimme übellaunig.

»Es ist ein Geschenk«, trällerte sie. Es war die Art von Gegend, wo man Pakete nicht im Hauseingang abstellen konnte, weil sie mit achtzigprozentiger Sicherheit sofort geklaut würden. Kurz darauf summte der Türöffner, und sie war drin. Hinter ihr erklang ein Chor weiterer Stimmen. *Hallo? Wer ist da? Hallo?* Aber zu spät: Sie war schon am Fahrstuhl.

Der grapschende Stephen wohnte im siebten Stock; sie hatte die Wohnungsnummer auf dem Klingelschild gelesen. Sie fand die Tür, setzte ein Lächeln auf, klopfte an, und dann sah sie, dass es auch einen Klingelknopf gab, den sie zusätzlich drückte. Waren da Schritte? War er zu Hause? Es war Sonntag, also standen die Chancen gut, dass …

Die Tür ging einen Spaltbreit auf. Es gab eine Türkette. »Wer ist da?«, sagte eine Stimme.

»Stephen«, tirilierte sie. »Ich bin's! Chrissy! Vom *Cyclone*, weißt du noch?« Oder hieß es *Tornado*?

»Chrissy?« Pause. »Ach ja. Chrissy.« Er klang unsicher. Wusste er überhaupt, wer sie war?

»Ich hab dir ein paar Brownies mitgebracht. Solche wie damals, bei der Zeitschrift. Als kleines Andenken. Darf ich reinkommen?«

Wäre sie ein Mann und er eine Frau, hätte er wahrscheinlich die Kette nicht abgenommen. »Das ist nett, danke, lass sie vor der Tür stehen.« Das wäre die kluge Antwort gewesen. Aber so, wie die Dinge lagen, sagte er: »Ist wohl das Beste.«

Sie folgte ihm durch einen ziemlich dunklen Flur wohl in Richtung Wohnzimmer. Er trug Bermudashorts und ein T-Shirt; seine Schultern hingen vornüber, und ein Stück Hinterkopfhaut schimmerte weißlich. War er krank?

Im Wohnzimmer – große Fenster, Ausblick auf andere Wohngebäude, lichtdurchflutet, das übliche IKEA-Sofa nebst Esstisch, ein bisschen gedrängt alles – saß eine gemütlich füllige Frau im rosa Hoodie in einem Sessel und strickte, anscheinend an einem Socken. Stephen sagte: »Das ist Chrissy. Wir haben bei einem kleinen Verlag mal zusammen gearbeitet. Chrissy, das ist Rhoda. Meine Frau.«

Eine Ehefrau! Wieso hatte keine von ihnen diese Möglichkeit in Betracht gezogen? Weil die Flitzpiepe Stephen Q nicht so der Typ fürs Heiraten war. Eine Ehefrau änderte alles: so viel zu ihrem Plan mit der fingierten Verführung.

Aber Chrissy achtete nicht mehr auf die Frau, die Begrüßungslaute von sich gab. »Kommen Sie doch rein, möchten Sie eine Tasse Kaffee?« und so weiter. Stattdessen starrte sie Stephen entsetzt an. Sofern er sich nicht hatte gesichtsoperieren lassen, war er der falsche Stephen. Der nettere, nicht der Fiesling. Dieser hier war kein Grapscher und Kneifer gewesen, keiner, der sich von hinten viel zu nah heranbeugte und einem in den Nacken atmete und lüsterne Einladungen zu Feierabenddrinks in seine sogenannte Bude aussprach. Dieser hier war schüchtern, mondgesichtig und sehnsüchtig, aber zurückhaltend gewesen. Es lag ein Irrtum vor, um es milde auszudrücken. Albtraum!

Sie spürte das Gewicht der Brownies in ihren Händen. Was nun?

Wenn in die Enge getrieben, dann drauflosbrabbeln. Das hatte bei ihr eigentlich immer gut funktioniert. Sie stürzte sich in den Kampf. »Ich dachte, ich meine, wir werden alle nicht jünger und die Zeit vergeht, sie scheint so schnell zu vergehen heutzutage, und einige aus unserer Generation sind nicht mehr so gesund wie damals, streng genommen sind einige von uns, na ja, sogar nicht mal mehr auf Erden, und ich hatte das Gefühl, vielleicht wär's das Richtige, guten Willen zu zeigen und das Kriegsbeil zu begraben, sozusagen, bevor es zu spät ist, also hab ich ein kleines Friedensangebot mitgebracht. Selbst gebacken.« Dicke Lüge! Aber ihre Aussage war insgesamt eine Lüge, bis auf den Satz, dass sie alle nicht jünger wurden. Der war immerhin wahr.

Der falsche Stephen wirkte perplex. »Was denn für ein Kriegsbeil?«, fragte er.

Chrissy holte tief Luft. »Na, du weißt schon. Damals, als … vor zwanzig Jahren ungefähr. Oder fünfzehn. Als Fern diese Anthologie herausbrachte und ihr gemeinsam, ihr alle, als Humphrey Vacher beleidigt war, also hat er –«

»Ach so. Ja«, sagte Stephen. »Das war unüberlegt.« Er sah zu Boden.

»Stephen hat mir davon erzählt«, sagte Ehefrau Rhoda mit freundlicher Stimme. »Kurz nachdem wir geheiratet hatten. Ich hab zu ihm gesagt, das war aber sehr kindisch und er soll sich bei Fern entschuldigen.«

»Und, hat er?«, fragte Chrissy.

»Oh ja«, sagte Rhoda. »Er hat ihr einen sehr schön formulierten Brief geschrieben.« Stephen war leicht errötet und blickte versonnen aus dem Fenster, als hätte das alles überhaupt nichts mit ihm zu tun. »Fern war sehr liebenswürdig. Sie hat sehr nett zurückgeschrieben.«

»Eine öffentliche Entschuldigung wäre besser gewesen«, sagte Chrissy.

»Oh ja«, sagte Rhoda. »Absolut. Aber wir wollten die alten Geschichten nicht wieder aufwärmen, in der Schreibcommunity, stimmt's, Stephen? Es wäre wenig hilfreich gewesen.«

Außer für Fern, dachte Chrissy. »Und Humphrey wäre wahrscheinlich stinksauer gewesen«, sagte sie.

Der falsche Stephen gab ein kurzes Lachen von sich. »Das stimmt«, sagte er. Den Zorn des *Hammers* auf sich zu lenken wäre wenig erstrebenswert gewesen. »Zumindest hat es mal gestimmt. Bin nicht sicher, ob er heutzutage noch die Kraft hat, um zornig zu sein.«

»Ja«, sagte Rhoda. »Wirklich traurig, dass es so mit ihm bergab gegangen ist. Parkinson ist einfach grausam.«

»Ja, einfach grausam!«, murmelte Chrissy. Der *Hammer* hat Parkinson? Das hörte sie zum ersten Mal. »Das wünscht man wirklich niemandem!«

»So«, sagte Rhoda, »das Kriegsbeil ist begraben! Dann lasst uns eine Tasse Kaffee trinken und Ihre leckeren Brownies dazu essen. Wie aufmerksam von Ihnen.«

»Und, habt ihr?«, fragt Leonie. »Die leckeren Brownies gegessen?« Wieder einmal haben sie sich versammelt, diesmal in Myrnas Garten. Der Käse ist ein Cambozola, die Kräcker sind aus Wildreis. Keine randalierenden Enkel mehr, sie sind wieder zu Hause und in der Schule. Cal hat sich im Haus verbarrikadiert, er will nichts damit zu tun haben. Frauen seien ein durchtriebenes Pack, sagt er. Er hätte das erfolgreicher geregelt, sagt er, seiner Ansicht nach, wobei er nicht verraten hat, was er eigentlich getan hätte.

»Was blieb mir denn anderes übrig?«, sagt Chrissy. »Ich konnte ja schlecht sagen: Es liegt ein schrecklicher Irrtum vor. Ich konnte nicht behaupten, ich sei auf Diät oder so was, und ihnen die Brownies dalassen, das wäre verdächtig gewesen, sie wären später dahintergekommen, dass ich Bescheid wusste, und man hätte mir schnell was anhängen können. Schwere Körperverletzung. Oder so ähnlich.«

»Ich verstehe«, sagt Myrna.

»Also saß ich da, trank mit den beiden Kaffee und aß Microlax-Hasch-Brownies, alles supergemütlich«, sagt Chrissy. »Was hätte ich tun sollen?«

Leonie lacht, ein bisschen zu sehr. Myrna sagt: »Und wie waren sie, die Brownies?«

»Effektiv«, sagt Chrissy. »Wobei die Wirkung Gott sei Dank erst einsetzte, als ich wieder zu Hause war. Hat mich nicht umgebracht, ging höchstens vierundzwanzig Stunden, auch nicht schlimmer als das Zeug, das man vor einer Darmspiegelung trinken muss. Und außerdem war ich die ganze Zeit bekifft. Ich hab wohlweislich nur einen gegessen.«

»Und was war mit Stephen und wie hieß sie noch gleich? Rhoda? Haben sie ihnen geschmeckt?«, fragt Leonie. Sie lacht immer noch, was Chrissy ein bisschen ärgert. Ja, es war lustig, aber so lustig nun auch wieder nicht.

»Sie haben gesagt: Ganz köstlich.«

»Freut mich zu hören«, sagt Myrna. »Es war eine Backmischung. Mit Zusätzen.«

»Sie hat zwei gegessen, er drei«, sagt Chrissy. »Ich hoffe, sie sind nicht im Krankenhaus gelandet.«

»Schwierige Sache mit dem Karma«, sagt Leonie. »Außer dass es sich manchmal in der Adresse irrt.«

»Rhoda schien mir sehr nett«, sagt Chrissy. »Ich hab ein schlechtes Gewissen.«

»Sie hat den Falschen geheiratet«, sagt Leonie. »Das kann fatale Folgen haben. Allein aus diesem Grund haben die französischen Revoluzzer Köpfe ohne Ende rollen lassen.«

»Humphrey ist also ungestraft davongekommen«, sagt Chrissy. »Und ich bin, wie geht das noch gleich, mit meinem eigenen Pulver in die Luft geflogen, oder was weiß ich.«

»›Der Spaß ist, wenn mit seinem eigenen Pulver der Feuerwerker auffliegt‹«, sagt Myrna. »Das ist aus *Hamlet*.«

»Was für 'n Knaller«, sagt Leonie und lacht noch mehr.

»Also, was meint ihr?«, fragt Myrna. »Nehmen wir uns als Nächstes den *Hammer* vor, oder nicht?«

Mord als solcher ist vom Tisch, da sind sie sich einig. Ebenso wie Durchfall, zu riskant. Am Ende beschließen sie, die Buchläden in Toronto zu durchforsten und Humphreys Bücher in den Regalen so umzudrehen, dass die Buchrücken nach innen zeigen. Das wird ihm recht geschehen! Doch bei dem Versuch, diesen Plan in die Tat umzusetzen, finden sie in keinem Buchladen auch nur ein einziges Buch von ihm.

Dies ist die Neuigkeit, die sie Fern überbringen, als sie sie Mitte Oktober alle gemeinsam besuchen. »Wir haben gedacht, wir muntern dich auf«, sagt Chrissy. Sie hat ihr einen kleinen Strauß lila Astern mit Salbei und lila Echinacea aus einem sonnigen Winkel ihres Gartens mitgebracht. Fern dankt ihr und sagt, Chrissy sei immer so aufmerksam.

»Humphreys Bücher sind vergriffen. Oder zumindest nicht mehr auf Lager«, sagt Myrna. »Als wir die jungen Leute in den Geschäften gefragt haben, kannten sie nicht mal seinen Namen.«

»Anders als du, Fern«, sagt Chrissy. »Du hast ganze Tische dort! Und die Backlist haben sie auch da!«

»Es hätte keinen Besseren treffen können«, sagt Leonie. »Ich meine den *Hammer*, nicht dich.«

»Ach herrje«, sagt Fern. »Das wird Humphrey gar nicht gefallen. Wenn er's merkt«, fügt sie hinzu.

»Er beschimpft bestimmt die Buchhändler«, sagt Leonie. »Und die erzählen ihm wahrscheinlich, dass seine Sachen ausverkauft seien, wegen der großen Nachfrage.« Sie lacht.

»Der arme Humphrey«, sagt Fern mit einem kleinen Seufzer. »Dabei war er doch mal so wichtig.«